KB010335

이 길이
끝나면

이 길이 끝나면

초판 1쇄 인쇄 2016년 2월 19일
초판 1쇄 발행 2016년 3월 2일

지 은 이 강세희
그 림 이 진
디 자 인 박애리
펴 낸 이 백승대
펴 낸 곳 매직하우스

출판등록 2007년 9월 27일 제313-2007-000193
주 소 서울시 마포구 월드컵북로 260, 33동 305호(성산동, 시영아파트)
전 화 02) 323-8921
팩 스 02) 323-8920
이 메 일 magicsina@naver.com
I S B N 978-89-93342-48-2

*책값은 표지 뒤쪽에 있습니다.
*파본은 본사와 구입하신 서점에서 교환해드립니다.

이 길이
끝나면

강세희 시집
이진 그림

Magic House
마법의책공장

序詩

지금
이 길이 끝나면
새 길이 나오겠지요.

길가에 들꽃이 피어 있고
길 따라 맑은 물이 흐르는 길!

그 길을 만나기 위해
힘들어도 걷고 있어요.
나누며, 보태며
부족한 마음으로 걷고 있어요.

이 길이 끝나면
가슴에 담아도 좋을
그 길이 나오겠지요.

웃음소리가 나는
그 길을 만나겠지요.

제 2장 **꽃을 피우기 위해**
바람을 등지고

제 3장 **땅거미처럼
내 안에 그리움이**

제 4장　곱던 잎이
　　　　지고 있어요

제 5장 **이 길이 끝나면
다시 길이 나와요**

제 1 장

내 가슴에
따뜻한 텃밭 하나

그래야 친구다

함께 웃고
자주 만나야
마음도 가깝고

자주 보고
같이 속삭여야
생각도 가깝고

그래야 친구다
보고 있어도
보고 싶은 친구다.

텃밭

무언가
심을 수 있는 텃밭

마음속에
네 사랑을 심고
그리움을 심고
네 모습과 마음까지
내 밭에 심어야겠다.

내가 사랑으로 가꿀 수 있는
내 가슴에
따뜻한 텃밭 하나 만들어야겠다.

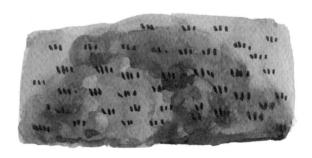

망초 꽃 피어난 듯

들판을 거닐면
허리를 간지럽히는
망초 꽃이
하얀 숨결처럼
내 마음에 닿아

너의 얼굴이
망초 꽃 피어난 듯
바람에 흔들리고
내 그리움도 흔들리고

그리움이 깨어나면

자정이 넘도록
꺼질 줄 모르는 불빛!

어쩌면, 나처럼
누군가 저 아파트에서
상념에 젖어 있을 지 몰라
이리 뒤척 저리 뒤척
젖은 새벽은 잠이 없고

길 건너 도로에는
시간을 잊고 달리는 불빛
자꾸 나를 흔든다.
그리움이 깨어나면
어쩌지?
밤이 더 깊어질 텐데.

백조 세 마리

추운 날은
목도리 하나 두르고 나선다.

목도리를 둘러도
마음이 차다.

해 저물 때까지
부지런히 걷는 길.

양재천 차가운 물 위에
백조 가족의
따스한 사랑이 눈부시다.

오늘은
내가 배운다.
목도리보다 따뜻한 사랑.
백조처럼 담담한 사랑.

내 안에서 넌

나 좋아해?
묻지 않을래.

내가 더 좋아하니까
내 안에서
넌 보석 같은 행복으로
기쁨을 주고 있으니깐.

비 오는 날

날씨와 내 마음이 똑 같아
오늘은 아무것도 하기 싫어
넋 놓고 있어.

습한 날씨는
기분을 먹구름으로 만들고
그렇다고
내리는 비가 반갑지도 않고

널 만나면
오늘은 말할 수 있을까?
사랑한다고

갑자기
어두운 하늘이 맑아지고
내 안에 향기로운 바람이 분다.

보라색의 미학

사랑이 빨강색이라면
나는
보라색을 더 원한다.

늘 부족한 만큼
존중하게 만들고
다가선 만큼
감탄하게 해 주고

귀하게 보일 수 있는
깊은 안목으로
배려하며 머물 테니깐

아픔도
사랑이니까.

목련꽃을 마주하며

목련꽃 마중 나왔다.
한얀 등불을 켜고

설레는 만남을 전하러
길목까지 와 있다.

봄으로 오고 있는
나를 만나기 위해
목련은 가슴앓이를 했더랬다.

꽃을 보면 안다
꽃이 지고 난 자리 보면 안다.

노루귀 꽃잎

다리 위로
차가 빠르게 지나간다.

내리는 빗방울이
강물에 뛰어든다.

빠르게 지나가는 차처럼
몸은 집으로 배내고
마음은
빗방울처럼 강물에 내려가면?

강물은 들판이 되겠지.
꽃 가득 핀 길이 나겠지.

노루귀 꽃잎 속에
네게 흐르는 강이 보인다.

바람이 전하는 선물

바람이
봄을 노크하고 있어요.

기다렸던 나뭇가지
팔을 흔들고
낙엽 속에 머물던 아지랑이
기지개로 답을 해요.

꽃빛으로도 불고
흐르는 냇물에도 불고
바람이
가슴으로 다가와
미소를 건네요.

기다림을 접고
힘을 선물하는 봄.

내 봄이 왔어요.

양재동 화원에서

봄이
봄을 만나
달리화, 수국, 쥬리안
마주 보며 표정이 밝다.

하우스 밖에는
며칠을 더 기다려야
꽃을 볼까
이른 3월인데

나도 꽃이 될까
빨갛게
노랗게
날 닮은 꽃.

나는
이미 봄이니까.

내 멋진 딸에게

딸아!
내가 너를 사랑하는 것이
너를 낳아서만은 아니란다.

너 또한 나를 사랑하는 것이
엄마이기 때문만은 아니겠지.

세월 따라 살다보니
늘 쫓기는 삶 속에서
때로는 가까운 친구도
또 때로는 부모도 잊고 지낼 때가 있지.

사랑이
사랑이 되기 위해서는
자주 만나야 하는데

하지만
너와 나는 예외라고 할 수 있지.
우리에겐 특별한 정이 있으니까

오늘도
바쁘게 일하는 너에게
귀띔해 줄 말이 있단다.

멋진 딸
사랑해!

아름다운 세월

한 해가 간다는 것은
썰물 같은 것
한 순간 몰려왔다
부딪치고 서둘러 물러나는

시간을 세워놓아도
어린 자녀 손잡고
공원에서 놀던 추억만이
기억에 가득할 뿐.

가을이 오고
또 다시 겨울이 와도
바다로 돌아갈 강물처럼
변함없이 흐르는 일상을 깨고

작은 돌 하나 따뜻하게 데워
가슴에 담는다.
사랑을 전하기 위해.

내가 나에게

망초꽃도
밤이면
눈을 감고 잠을 자는데

아름다운 너
눈 감아봐
잠시 생각해봐

오늘 얼마나
행복했는지.

가볍다 할 수 있어

침묵
또 침묵

자신을
너무 들어내는 것도
흠이 될 수 있어

좋아 하는 것도
눈길로 하고
표현하는 것도
들떠선 안돼.

그렇다고
사랑까지 말하지 말라는 뜻은
아니야.

얼마나 깊어야

얼마나 깊어야

너를 보면

항상 마음 넓은 바다가 되고,

출렁거리고

넘칠 줄 모르는

해변이 될까.

오월을 붙들다

바람에 흔들리는
망초꽃 오월에는
인연 속
너를 다시 만나고 싶다

어느새
내 손을 잡고
미소로 다가 서는 너!

바람이 귀엣말을 한다.
사랑 중이구나, 너.

향기 나는 마음

시골에 있을 때는
시골 여인이 되고
도시에 있을 때는
도시 사람 된다

어디에 있느냐가
모습을 바꾼다

하지만
시골이나
도시나
사랑은 하나!

강남의 풍경

촘촘히 서 있는 아파트가
잴 수 없는 각을 유지하며
아침을 맞는다

어제 다녀온 시골길
들판이며
모자를 쓴 아낙의 풍요로운 미소까지
아파트가 빽빽하게 밀고 들어온다.

담아온 기억을 지우겠다며
거드름이다
흠! 가소롭게.

개나리 꽃

심술궂은 봄바람 꽃잎에
덮칠까
노오란 외투 걸쳐 입은
솟아오른 꽃망울

당당한 기품
옷깃으로 여민
앞에 서 있는 여인

네가 먼저다.
네가 이른 아침 꽃이다.

양재천을 걷는 행복

너를 찾아가면
꽃이 되게 하고
바람이 되게 하고

너를 만나고 나면
노래하는 광장이 되게 하고
행복이 물결치는 그리움이 되게 하고.

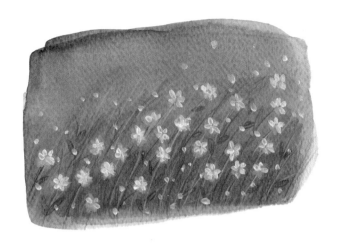

들꽃

망초꽃 가득 핀 들판이
물결을 이루고

걸어가는 나의
시선 잡아 주네요.

하얀 미소가 어쩜
그대를 닮아
기분 좋은 거 있죠?

시골집 풍경

이웃집 겨울 마당에
감나무 한 그루
가지마다 따뜻한 생각을 달았다.
마당이 환해졌다.

깨끗이
쓸어놓은 시골 마당!

고향집에
아이 소리가 들린다.
내 안이 환해졌다.

꽃은 이별을

꽃은 아름다움을 주고
꽃을 향기를 주고
꽃은 미소를 주고

꽃은 고독을 주고
꽃은 허전함을 주고
꽃은 기다림을 주고

우리 사랑같이
내 사랑같이

양재천 봄처럼

개나리, 진달래
꽃망울 터트릴 때
날 불러주세요.

당당히 핀 네 모습에
봄을 추월한 젊음으로
입을 열지 못했는데

양재천 봄처럼
사랑하고 싶은 마음
꽃으로 피우고 싶은 봄.

텃밭에 사랑

그리움에 이랑을 내고
한 방향으로 네 생각을 뿌린다.

햇볕이 싹을 틔우고
초록색으로 클로럴라를 만든다.

멀리 있어도
보이지 않아도
언제나 파란 짝사랑처럼
내 가슴에
그리움으로 머무는 그대.

좋은 날

이른 새벽
당신께 카톡을 합니다.

지난 밤
내 기도 들으셨나요?

나의 사랑
나의 소원
당신과 함께 하고 싶었는데

오늘은 좋은 날
당신 만나
카톡으로 보낸 마음
가슴에 담아 두는 날!

다시 4월 팽목항에

갑자기
천둥이 치며
비가 쏟아진다.

진도 앞바다에서
세찬 바람이
몰려왔을까

이제 겨우
봉우리를 터트려 웃고 있는데

사나운 바람
이제나 저제나 잦아질까
가슴 조이는 밤.

어머니의 꽃

어머니는 찬서리에도
눈이 쌓이는 겨울에도
아버지와 만남을 이루시는군요.

젊은 날
오남매 사랑을 위해
손 마를 날 없던 어머니!

늦은 밤이 되어야
당신 시간 차지하고
뚫어진 옷 꿰매느라
밤이 가는 줄 모르면서
입가에 미소짓던 어머니!

이제야 알겠습니다.

먹는 입도 예뻐야 한다며
하루 내 허리굽혀
수수엿을 만드셨던 당신.

어머니
그 사랑 못다 주셔서
무덤가에 한 송이
겨울꽃으로 피었군요.

제2장

꽃을 피우기 위해
바람을 등지고

꽃샘추위

내 안에
미운 생각이 돋아납니다.
시샘하듯
나타났다 사라지고
머물다 떠나고

봄꽃은
기다림이 피운 꽃!

미운 마음을 어루만지며
꽃을 기다립니다.

나도 꽃을 피우기 위해
바람을 등지고 앉아
해를 봅니다.

꽃샘추위 지나간 내 안에
새싹 돋는 소리 들립니다.

봄꽃을 위해
바람을 등지고

양재천에 찬바람이 불면
민들레 피었던
봄을 생각할 거야
곁에 개나리와 제비꽃
반겨주던 꽃길을 꺼낼 거야.

양재천에 바람이 불면
가슴에 가득 핀
봄꽃을 위해
바람을 등지고 걸을 거야

간절한 기도

어느 추운 겨울날
능암의 골짜기에서
두 손을 모았지.

생각과 계획이
전혀 다른 방향으로 흐르고
추운바람이 나를 감았을 때

나는 간절히 기도했지
그 분을 향해 밤을 새웠지

비둘기가 물고 온 감나무 잎은
마르지 않았지

기적 같은 빠른 영상이 스쳐갔고
바람은 멈추지 않았지

여전히 숨가뿐 기도는
그를 향하고 있었지

양재천의 봄

양재천엔
수양버들처럼 늘어진
가로수가 있고

터질 듯
가슴으로 기다리는
벗꽃이 있고

뛰어 들어 안기고 싶은
엄마 품 사람이 있다.

핑크빛으로 물들어
날 기다리는 마음을
웃음으로 전하는 양재천!

빈 의자

갯버들 앞
커다란 느티나무 아래
빈 의자 하나
당신 기다리는
그리움처럼 놓여 있다.

의자에는
사람들이
주고받는 이야기가 앉아 있고

그리움에는
보고 싶은
그대 생각이 앉아 있고.

비오는 날은

친구야
우리 비오는 날엔
조용한 커피숍에 가자.

빠르게 지나가는 시간에
바라보지도 못한 채
굵어진 손등에 나뭇잎!

나 위해 애쓴 손등에
미소를 얹고
예쁜 찻잔으로 차를 마시자
옛 이야기 마시자.

봄비

꽃잎이 흐트러질까봐
꽃잎이 글썽일까봐
밤새 가슴앓이 했는데

그냥 소나기는 비켜가고
아름다운 햇살
어느새
환해지는 감정!

봄비가 내렸다.
사랑이 파랗다.

봄

아직은 기다린다.
너를

나에겐 언제나
너는 봄

널 기다리며
행복해지는 나를 위한
너는 봄

행복이라는
이름을 가진 봄.

꽃은 말한다

나 닮아 순한 사람이 되라고
나처럼 행복한 사람이 되라고
나를 따라 고운 사랑을 배우라고

서로 미워하지 말라고
꽃은 피면서부터 말한다.

못 알아듣는 사람도 있을 텐데
한번 피면 웃기만 한다.

오랜만의 휴식

남편과 오랜만의 휴식이다.

비가 올 것 같은
찬 기운 느낌
밝은 흐림이다.

로즈마리 기름과 파슬리로 요리하는
까르보나라로 향한다.

오랜만의 여유
사랑의 여운으로 데운다.

행복하다
당신과 머무는
지금이 행복하다.

딸의 생일 날

엄마가 네 생일을 잊었다.
추운 겨울 뒤뜰에 묻어놓은
새우젓을 꺼내며
어머! 네 생일이구나.
환하게 웃던
엄마의 모습을 되뇌며
생일을 맞는다.
엄마!
내 생일이라고 새우젓이 있네
예쁜 딸
예뻐서 고맙다.

겨울눈

따뜻해야 눈이 온다지?
그대 날씨라면
아무리 추워도
나는 눈으로 내릴 수 있을 텐데

내 그리움 속에
늘 따뜻하게 머물고 있는 당신.

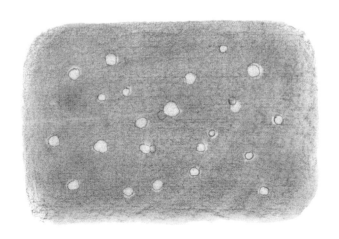

양재천의 매력

너는
얼마나 큰 힘을 가졌기에
날마다 나를 불러내니?

특별한 것도 없으면서
그렇다고
애인도 아니면서

눈 내리는 오후

눈이 내립니다.
사람들이야
돌아갈 길을 걱정하겠지만
나는
눈길을 못 올
당신을 걱정합니다.

눈을 보며
당신을 생각합니다.
당신이 보고 싶은 오후.

창밖에 눈이 내린다

창밖에 눈이 내린다.
커피를 들고
당신 생각을 한다.

커피 잔에 내리는 눈
사랑으로 내린다.

향기로 내린다.

눈 오는 날

어느새
창안으로 들어와
그리움으로 앉는 너!

내 안에
눈송이로 머무는
너는 내 첫사랑!

아침 햇살

손님이 왔다.
아침 창문으로
환한 표정으로 찾아든 손님!

내 눈에
내 가슴에
내가 머무는 거실에

어머
오셨네요
내 안까지 환해졌어요.

오늘도
어제처럼
행복으로 채워줄 거죠?

물들여지는 가을

주홍색 단풍 사이로
잘 익은 햇살이 스며든다.
건강한 가을!

가을에는
마음이 즐겁다.
가슴이 따뜻해진다.

봄을 좋아했던 내가
가을 단풍을 보고 있다.

앞마당엔 노란색 감이 있고
뒤뜰 보리수 잎마다
어릴 적 기억이 달려 있다.

친구라는 이름으로
그리움이라는 이름으로.

천국 가는 길

당신 앞에
많은 사람들이 앉아 있어요.

선한 모습
생시처럼
당신 앞에서
기도하는 모습이 보여요

당신 가신 그곳에서
또 다른 만남이 이루어지겠지요.

당신에게 기도합니다.
미소 띤 얼굴 그대로
꽃길 따라
행복한 마음으로 떠나가소서

산타

미소 지어요
크리스마스 이브

아이들에게 기쁨을 주는
산타 할아버지가 오는 밤

눈 비비며 기다리다
잠든 아이 머리맡에
사랑으로 포장한 선물
놓고 오는

나도 산타
너도 산타

생각

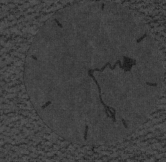

밤이 깊다
깊은 만큼
생각도 깊다.

미련 없이 지나가는 일상
왜 자꾸 염려가 될까?

이리 뒤척 저리 뒤척
시간에 담겨가도록
내버려 두어야겠다.

내 시간도
지나가는 시간의 일부

웃는 사람

늘 웃는 사람이 있다.

눈이 와도
바람이 불어도
궂은비가 오는 날에도 웃는 사람.

우산 속에서도
뜨거운 햇빛 아래서도
가끔은 혼자서도 웃는 사람.

날 웃게 하는 사람
나를 닮아 웃고 싶은
바로 당신.

한계령 가는 길

눈길 속으로
한계령 눈꽃을 찾아 간다.

갑자기 추워진다는 소식
망설임 없이 트렁크에
옷가지를 싣는다.

언젠가
고갯길을
소리 지르며 내달리던 아찔함.

어설픈 시 한편 남기려고
기억을 뒤진다.
나는
다시
한계령 가는 길!

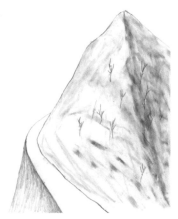

말 한 마디

집에서 먹는 밥이
기를 살린다고요.

그 말에
나도 힘이 나요.

당신 앞에 앉아
맛있게 먹는 모습
보기만 해도 힘이 되거든요.

한 마디만!
오늘은
최고의 묘약!

그리움

그리움은
네가 비운 자리에도 머물고
나뭇잎 흔드는 바람에도 스며 있다.

가슴으로 스치며
보고 싶게 만들 때 보고
만나고 싶을 때 만날 수 있는 행복!

지난 밤 꿈에서 만난 너의 모습도
그리움이고
강가에 피었던 소루랭이 꽃도
지독한 그리움이다.

그리움은
늘 꺼내도 그리움이다.
진한 행복이다.

해넘이가 예쁜 방

해가 지지 않는다면
세상은
얼마나 지루할까.

또,
해가 지지 않는다면
별들은 모두 빛을 잃었겠지.

해넘이가
저녁 하늘을 물들이고
그리움을 속삭인다.

또 만나자는
약속이 있어
어둡지 않은 밤.

사랑의 무게

같이 있어도
같이 걸어도
늘 지루하지 않는 것은
믿음 때문일 거다.
익숙해진 눈빛 때문일 거다.
사랑이라는 것이 무엇인지
알기 때문일 거다.

밤은 아름다워라

어두운 밤
가로등이 길을 밝힌다.
길가 빌딩은 저마다 빛을 뿜내고,

도로에 차는
불빛으로 달리고
늦은 밤이 아름답게 길을 낸다.

길은
가슴에 돌려놓고 누웠다
요란한 불빛이 지워지고

산길이 나와 치유하는 잠길이 된다.

바라는 것의 실상

어떻게 될까
어제까지 걱정했는데
그렇다고 밤을 설친 것은 아니지만
무엇인가 좋은 일이 있을 것 같은 느낌.
기대하고 있다

설령 아니라 해도
가슴 뛰는
설레임으로.

봄이 오는 문턱에서

밤새 물 올라온 나뭇가지 위에
까치가 놀다 가면
어느새
참새가 날아와 그 자리에 모여든다.
겨우내
매달려 온 나무 열매가
높은 가지 위에 등대가 되어
봄을 찾아오는
기운을 소리나게 한다.
짹 짹

제3장 🌙

땅거미처럼
내 안에 그리움이

성경필사

성경필사를 했다.
손끝에 꽃이 피었다.

각기 받은 감동으로
향기를 내는 꽃!

'영동교회' 가족 이름으로
한 권의 행복이 탄생했다.

규모 없이 행하지 말고
눈이 어두워 지기 전에
교훈에 귀 기울이게 하는
값진 선물을 받았다.

내 일상에
풍선처럼 기쁨을 날렸다.
가슴에 담긴
행복을 달아 날렸다.

봄이 되면 나도 꽃이 된다

꽃을 본다.
꽃보다 많은 사람들이
꽃보다 환하게 웃는다.
누구에게나 한번쯤은 있었을
꽃 같은 시절을 생각하며

꽃은
당신도 꽃이라며
꽃 속으로 오라 손짓을 한다.

봄이 되면
나도 꽃이 된다.

행복의 의미

넌 왜
그런 남편과 사니?
아이들 키우느라
여행 한 번 못 가고

오남매
대학 보내느라고
형제 한 번 챙기지 못 했어.

놀지도 못했겠다.
불쌍하게.

하지만 있잖아
지나고 보니
그렇게 사는 것이 행복이더라
지금도 행복하고.

비어 있는 그릇

반들반들
깨끗한 그릇을 좋아하는 이유!
더 좋은 것으로 담아 줄 수 있어서
무엇을 담을까 미소가 생겨서.

마음도 넣을 거지?
눈짓하는 그릇.

그릇에 담길 마음
더 사랑하는 마음.

사랑과 가로등

가로등 불빛이
양재천에 내려왔다.

흐르는 물이
반짝 반짝!

은빛
금빛 물이 되어
찾아가는 한강.

그리운 소녀
양재천을 걷는다.

가로등 불빛 속으로
그리움 밟고 걷는다.

가을비

내가 달리는 길에는
비가 내리지만
저 산 너머는
파란 하늘이 머문다.

와이퍼로 빗물을 쓸어내리며
달리는 빗길은
초조함이라 할까.

먼 길을 달리는 어둠 속에
마음이 차갑다.

목적지로 향하는 길에
찬바람이 도로 위를 뿌리치고
외로움이
나를 덮치는 순간.

기다리는 사람이 있어
행복하다.
차는 달린다.

눈꽃

찬바람이 불면
12월은 오겠지요.

낙엽이 지고
하얀 눈이 기다려지는 겨울.

눈 속에
묻히고 싶은 겨울.

12월을 마중나가 눈이 되어
따뜻한 눈꽃 송이를 기다리겠습니다.

사랑하는 마음으로
기다립니다.

벚꽃 사랑

벚꽃이 하얗게
꽃길을 만드는 날

머리 위로
가슴으로
사랑이 쏟아지는 날

서로
사랑하고 싶은 날
사랑하면 좋은 날!

비 내리는 날

빗길 피해
먼 길 오지 말라고 했지만
마음은 가볍지 않다.

서로 마음이 함께 해도
곁에 있는 것처럼
든든하지는 않을 테니까

그래도 다행이다.
내일이면 온다는
기다림 속에
늘 당신이 있어서.

아침 기도

세상에서
삶에 시달리지 않게 하고서

당신의 축복 안에
일상이 피곤하지 않게 하소서.

많은 것을
한 번에 얻지 않게
목표와 일정한 거리를 두게 하소서

늘
건강한 몸으로
건강한 마음에 감사하게 하소서

당신과
함께하게 하여
행복을 느끼게 하소서.

진달래 커피

커피에
진달래꽃을 넣으면
진달래향이
커피 맛을 덮겠지요.

진달래 핀 언덕은 그리움이니
그 언덕에
제가 있을 게요.
창이 예쁜 카페에서
기다릴게요.

그리운 마음

연못에 청둥오리가
날아온 새 소리에
물속에 묻고 있던 고개를 든다.
기다렸던 마음일 거야!

현관문 여는 소리에
가족이 달려 나온다.
보고 싶은 마음일 거야

4월 아침에

봄비는
대지를
촉촉하게 적셔서 좋고,

벚꽃은
하얗게
꽃길을 만들어서 좋다.

그리움이니까.
사랑이니까.

주차장

주차장에 가고 있다.

지하1층 만차
지하2층 만차
지하3층 만차

네 생각 가득한
내 안은
4층까지 만원이라도 좋다.

사랑이니까
만원이라서
더 행복할레.

아버지 알기

아버지를 아는 것에
더 똑똑해졌으면 좋겠습니다.

아버지를 아는 눈빛이
더 빛났으면 좋겠습니다.

많은 것을 주심에도
만족하지 못하는 자가
아니었으면 좋겠습니다.

아버지의 속성을 알 수 있게 빠르게
심장이 더 뛰었으면
좋겠습니다.

5월은

오월은
꽃처럼 웃자
예쁜 꽃으로 다가가기 위해
꽃처럼 활짝 웃자.
마음도 웃고
활력도 생겨나게
지난 일도 웃음으로 피게
꽃처럼 예쁘게 웃고
나를 사랑하며 웃고
내가 사랑하는 이를 생각하며
5월은 꽃처럼 웃자
내 얼굴이 꽃이 되듯이
네 얼굴도 꽃이 되게
꽃처럼 웃자.

공항 가는 길

공항 가는 길에
하늘공원이 있다.
하늘공원을 지나가는
내 가슴에도
공원이 있다.
더 사랑하고
더 많이 그리워하고 오겠다는
약속이 만든
그리우면
보고 싶어지면
내 안으로 들어가
혼자 걸어도 좋은 공원

전화

보고 싶다는 말이
와락
감동이 밀려와
땅거미처럼 내 안은
그리움이 덮었다
보고 싶은 마음
보고 싶다는 말이
밤을 짧게 귓전에 오간다.

해운대

저 바다 위에 누우면
무얼 먼저 생각할까?
누굴 먼저 생각할까
가슴 깊은 곳에서 떠오는
날개같이 넓은 바다
흔들리지 말아야.

바람과 나무

나무가 바람에게 말한다.
난
네가 머물러주면 웃을 수 있어
네가 있으면 꽃물이 돋고
네가 있으면 춤도 출 수 있어
여름에도
눈 쌓인 겨울에도
네가 와서 흔들어 줄 때
지루한 삶에서 잠시 벗어나게 되지
넌 내 친구
반가워 기다려지는 친구
가슴에서 바람이 달려 나온다.

나누는 세상

하나님은 참 공평해
골고루 나누어주는
아침 햇살 좀 봐!
겨울엔 힘들었겠지만
새싹 돋아나게 한 들판을 봐

세상에 활력을 주고
우리에겐
활력을 볼 수 있는 눈을 주셨잖아.

그래서,
공평한 세상에서
우리도 나누며 살아야 해.

혼자서라도

비 개인 저녁 길
어스름한 불빛 속에 숲
숲 속의 나무!

하늘엔
보석 같은 별 하나
별 속에 낯익은 얼굴

길 없어도 갈 수 있겠다.
너에게 가는 길은

떨어지는 비

벗꽃이 필 때는
비 너에게
내리지 말라고 했잖아

그 말을 잊고
막 쏟아 내리면 어떻게 해.

꽃잎 다 따며
후딱 봄 데리고 가 버리면 어떻게 해.

벗꽃 길을
나 혼자 걷고 왔는데
다시 함께 걸어야 할 사람 있는데.

키 작은 민들레

키가 조금 더 컸다면
보도블록 가운데
씨앗을 내려놓지 않았을 텐데

빛 고운 튤립
멀리서 보고
부러워만 하지 않았을 텐데

바람에 날아가
들판에 뿌리내려
신나게 자랄 수 있었을 텐데.

시간이 지나면

고민도
방황도
40일이 지나면
일상이 된다고 했다.

아픈 고통도
시간이 지나면
그리움이 된다고 했다.

그래서
우리가
살아간다고 했다.

그래도
난
엄마가
보고 싶다.

꽃길

벗나무가
길을 사이에 두고
꽃을 잡고
꽃길을 만들었다.

네 생각 더해 주라고
내 생각 더 해 달라고
웃고 보는 꽃!

꽃길을 걷고 있다.
꽃처럼 걷고 있다.

벗새

벗나무 가지에
벗꽃이 좋아
벗새가 날아왔다.

가지와 가지를
쌍으로 옮겨 다니며
꽃을 쫓는 새!

꽃잎이 흔들린다.
가지가 흔들린다.
꽃을 보는 눈이 흔들린다.

아~
사랑할 계절이다.

외로운 구피

물속에서 수초 하나를 두고
요리조리 꼬리를 흔들며
돌아다닌다.
갇혀진 어항 속에서 서너 알갱이 먹이에
분투하는 구피는,
방황하지 않는다.
사명을 다 하기 위해
번식도 두려워하지 않는다.
두피는 언제나
맑은 모습으로 바라보는 나에게
희망을
기쁨을 망설이지 않는다.

제4장

곱던 잎이
지고 있어요

창밖에 눈이 내린다

어느새
내 가슴에
눈으로 내리는 너!

손잡고 걷다가
눈사람 하나 만들고
함께 웃자는 너!

소중한 친구
너!

사랑이니까

갑자기 많은 눈이 내린다.
일터에 머물겠다는 전화
당신 목소리에 눈이 내린다.

오늘 밤은
당신 만나러
꿈속으로 달려가야겠다.

통화 끊긴 휴대전화에
그리움이 쌓인다.

할머니 집에 온 손녀

외출한 엄마를 기다리며
눈망울 적시는 예쁜 손녀
눈물이 빗물처럼 흐른다.

나도
그랬을 거야

엄마를 부르네
같이 부르네
엄마~
엄마!

가을이 오면

여치 귀뚜라미 물망새
강을 강답게 만드는 노래를 듣는다.
햇볕이 이루어낸 일상 속에
숱한 시간이 채워진다.
노을이 짙게 물드는
들판으로 들어선다.
강 건너 키 큰 나무 하나
가을 노래로 서 있다.

가지를 따며

자주 만나지 못하지만
기다림이 있었다.
잎 뒤에서만
보랏빛 미소로 반기는 너!
오늘은 기다림이 깊었나
눈을 반짝이며 반긴다.
저녁상을 위해
가지를 딴다.
가지무침에서 달빛 머금은
웃음소리가 들린다.

그대가 준 선물

예쁘다 하니
믿겠습니다.
아름답다 하니
그대로 받아들이겠습니다.
거울 속에 나는
늘 그 모습
마음이 예쁘다는 사실은
잊고 살았습니다.
낙엽도
가을이 되면 더 곱듯
그리 받아들이겠습니다.

양재천 산책 중에

어둠이 내려앉는
저녁 길을
노을 지는
아름다운 길과 바꾸겠어요?
내
사랑을 고백하면.

헬싱키에서(Beiia sky comvell)

오랜만의 여행이다.

일상을 내려놓고
오늘부터 휴식이다.

헬싱키 시내를 돌며
즐거운 시간을 보내고
돌아온 숙소!

갑자기
당신이 그립다.

세상에
당신 사랑만한 휴식이 없다.

추석

보고 싶은 들판
아침이슬에 젖어 있는
어머니의 나라 그곳

어머니!
추석이 다가오는 오늘은
당신 생각에 가슴이 저립니다.

못다 한 사랑
드리지 못한 효도,
어머니와 함께 송편 빚던 기억으로 꺼냅니다.

송편 속에서
어머니 당신을 만났습니다.

어머니
어머니!

가로등

힘든 나에게
빛이 되어 주는
당신!

평생
날 지켜주는
가로등 같은 당신

내 마음을
늘
안전지대로 만드는

참 따뜻한 당신!

보름달

한 아름 둥글게 하고서
머리 위를 스쳐가는 보름달이
황홀하다.

두근거림으로 찾아왔던
커다란 얼굴

아~
엄마다!

백중 달

머리 위에 둥근달이 떴다.

오늘이 백중
내 그리움도 백중.

*백중(伯仲) : 음력 7월 15일.

비

비가 내린다.
가벼운 마음으로 만나고 싶어
우산을 들고
장화를 신고 집을 나선다.

빗소리가
내 안의 당신을 불러낸다.

내 가슴에
음악 같은 미소로 머무는 당신!

당신이 걸어 나온다.
우산 속
행복 동네가 들어선다.

딸이 준 행복

외손녀
예림이!
표정이 간지럽다.

있나?
없나?
찾으며 웃는 얼굴!

손녀 예림이는
딸이 나에게 준
일순위 행복.

오슬로의 밤

그리운 모습이
등불로 밝혀진 밤
자정이 넘어서도 환하다.

보아도
보이지 않는 사랑으로
내 곁에 다가 선 당신!

당신 그리움에
내 안도 환하다.

무대

양재천에 색소폰이 흐른다.
아일랜드 성을 무대로 두고
관객이 모여드는 곳!

하루를
흐르는 물에 흘려보낸다.

마주 잡은 손
감동은 사랑이 되고
음율이 가슴에 담긴다.

당신과 함께 한 나들이
아~
행복한 선물!

사랑하는 이여

사랑하는 이여!
우리 솔밭 길 끝에 있는
푸른 숲으로 가자.

사랑이 마르지 않는
흐르는 계절을 앞세워
옛이야기 나누며 걷자.

아픔과 원치 않는 아쉬움도
때로는 함께 해야 할 일상!

일상이 행복이 되게
사랑하는 이여!
우리 마음을 열고 가자.

엄마

엄마는
커다란 바위!

바람과 소나기
천둥에도 끄떡없이
버티고 서 있는 바위.

우리 몸 부서질까
마음 아파질까
자나 깨나 걱정하는
위대한 바위.

내 안에서
내 중심이 되는 바위
나도 닮아가는 바위!

가을에 온 손님

키 큰 나무 한 그루
당당히 서 있다.

여름 내
새와 매미에게
자리를 내어주고
외롭게 서 있던 나무
예쁜 단풍으로
눈길을 잡는다.
가을 여인을 유혹한다.

기다림

며칠 전
당신에게
오라고 말하고 싶었어요.

지금은
곱던 잎이 지고 있어요.

그래도, 다시
초대하면 오실 거죠?

내 안에
기다림이 무성한 나무
사랑나무가 있다고 얘기하면
오실 거죠?

서둘러
바빠도
올 수 있죠?

화려한 외출

곱던 나뭇잎
단풍으로 지는 날은
마음까지 쓸쓸하다.

옷깃 여미며
낙엽 밟고 걷는다.

고운 잎사귀 바람을 타고
내 안으로 스며들고
강렬한 사랑이 그리운 날!

오늘은
나만의 화려한 외출을 했다.

사랑

사랑 받는 사람은
사랑 받을 가슴이 있다.

눈을 감고 문을 연다.
사랑으로 채울 방!

따뜻하다.
채워진 사랑을 나눌 수 있어
행복하다.
나는 지금
사랑 중.

아름다운 세월

한 해가 간다는 것은
느낌 없이 왔다가 물러가는 썰물 같은 것
한 순간 몰려왔다
부딪히고 쪼개어져 물러나는 세월.

시간을 세워놓아도
어린 자녀 손 잡고
공원에서 놀던 추억만이
기억에 가득할 뿐

가을이 와도
다시 겨울이 와도
바다로 돌아간 강물처럼
변함없이 인생이 흐른다.

오늘은
바쁜 나를 세워놓고
가슴에 돌 하나 놓는다.
사랑으로 데워진
따뜻한 시 한편을 쓴다.

백두산 천지

백두산 천지가
하늘빛보다 진하다.

금새,
결 고운
선녀가 내려올 것 같아
사방을 둘러보는데

선녀가 있다.
내가 있다.

우리 집 산타

지하철역에 산타가 있다.
빨간 모자에
미소로 사랑을 전하는 산타!

이름만 불러도 달려와 뽀뽀를 해 주고
눈만 마주쳐도 다가와 품에 안기는
예쁜 손녀!

우리 집에는
손녀가 산타다
일 년 내내 행복을 선물하는 산타다.

느티나무

식목일이 되기 전에
서둘러
나무를 심었어요.

심어 놓은 나무가
그림 같은 모습으로
의젓하게
나를 보고 웃는 거예요.

나도
생긋 웃었어요.

나도 그림 같이 보일 수 있을 거예요.

표정을 보면 알아요.

나무와 비

당신은
나무입니다.

가정의 주춧돌이 되어
한 세월 견디어 준
키 큰 나무입니다.

부드러운 미소
이루려는 의지
늘 힘이 되어 준 당신!

나는 비가 되고 싶습니다.
당신에게 힘을 주는
단비가 되고 싶습니다.

당당하게 걷는 여자

해질녘
양재천 가로질러
물안개가 자욱하다.

안개 위로 떠 있는 상현달
잠시 걸음을 멈추고
내 안에 그림을 그린다.

늘어진 능수버드나무를 배경으로 그리고
촉촉하게 밟히는 나뭇잎을 깔았다.
내가 걷고 있는 길도 넣었다.

힘든 일상이
안개처럼 평화롭다.
평화로운 길을 따라
당당하게 걷는 여자

아름다운 여자
행복한 여자.

뜨거운 태양은 하얗다

눈부신 햇빛
빌딩 사이로
아파트 창문 사이로
하얀빛이 되어 온다.
8월이면
뜨거운 열기로 씻어 내리고
흘러내려
순백으로 감도는 열정
주고 싶은 마음.
준만큼
받지 못해도 좋은 마음.

예림이

예림이 목소리는
맑은 물소리다.

상큼한 목소리가
새로운 힘을 준다.
미소가 일게 한다.

모바일 음성을 타고
짜릿한 삶을 노크한다.

예림이 목소리는
깊은 산속에 날아와
가슴에 담기는 반딧불이다.

우리 가족
행복이다.

제5장

이 길 끝나면
다시 길이 나와요

이 길 끝나면

이제 천천히 걸어가요
늘 바쁘게 걸어왔던 길!

이 길 끝나면
다시 길이 나와요
우리 걸어봐서 알잖아요.

이제 쉬어가며 걸어요.
나와 함께 오솔길로
서로 바라보며 걸어요.

그게
길 끝에 있을
우리 행복인 것 같아요.

이제 그렇게 살아요.
앞으로 우리 그렇게 살아요.

외박

군부대로 찾아간 면회
허가 받은 외박!

방마다
밤 새워 준비한 사랑이 펼쳐진다.

창문으로
주고받는 목소리가
향기로 새어나온다.

보고 또 보고
손이며 얼굴을 만져보며
사랑을 확인한다.

짧은 시간이
긴 시간으로 머문다.

휴대전화를 이겼다

허브가
식탁 위에 싱그럽다.

화분에 있다가
눈에 들어 집으로 데려온 허브!

오늘은
가족이 하나 되어
허브 향기 이야기다.

허브가
가족 말문을 닫게 만든
휴대전화를 이겼다.

하동의 봄

하동의 봄은
새벽길로 걸어왔다.

떠나기 싫은 겨울이
서릿발로 뒷걸음질 쳐도
하동의 봄은, 어김없이
나에게 다가와 힘이 되어주었다.

오늘처럼
새벽 산책길에
봄기운을 만나는 날은

시금치, 냉이 봄동….
작년에 따 놓은 홍시까지
하동이 그립다.

내 안에 담겨
지금도 힘이 되어 주는
고향 하동의 봄!

행복한 저녁

어제 친구가 보내 준 정성이
아침부터 발목을 잡고 있다.

거름과 물을 주고
잘 키운 무와 배추가
내 손에 닿았다.

성성한 먹거리를 만든다는 생각이
산책 가고 싶은 나를 머뭇거리게 만든다.

친구의 정성을 생각하며
김치를 담고 창밖을 본다.
덩그러니 어둠이 웃고 본다.

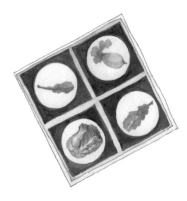

너

창가에
커피 마시고 있는
내가 보인다.
그림자로 보인다.

가슴에
그리움으로 담긴 그대
일상으로 담긴 그대!

오늘은
부드러운 커피 향으로
행복을 선물하는 당신!

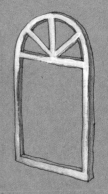

구절초

옆 마당 수돗가에
하얀 구절초가 피었다.
어머니 생각이 피었다.

어릴 적 기억을 불러
그리움으로 피었다.

어머니의 집

어머니 고향 옛집
가위, 인두, 다림이, 무쇠 하로가
툇마루에 가지런히 놓였다.

어머니 손에 길들여진
골동품으로 본 꿈!

아쉬움인가
기찻길 내다보이던 장길이
아련히 보인다.

아래채 황토방 옆에
헛간 곡식들 차례로 쌓여 있던 집!
어제 꿈속에서
어머니 생가를 다녀왔다.

어머니 기억이
새롭게 살고 있는 집!

사랑

이제야 알았다.

사랑은 감추는 게 아니라
보여야
느낄 수 있음을.

그래서
이런
나를 만나고 싶다.
호수처럼 눈 속에 잠기기 위해.

청포원

네 잎
보라색이 예쁘다.

고위한
성격을 가진 너!

우아한
자태가 아름답다.

어머니 마음을
담고 있는
너!

*청포원 : 창포꽃을 이르는 말

가을 동동

오소산 억새풀 동산으로
등산을 왔다.

억새 사이로 오르는 길
그리움이 베인다.

베인 자국마다
추억이 묻어난다.

가을이다.
동동 거리며
어제 일을 지우고 있다.

나도
베이며 사는 억새다.

커피 잔 하나

비스듬히 기울어진
커피 잔 하나
체코 프라하에서 왔단다.

진한 추억을 담고
커피 향을 즐길 나를 위해

내 사랑처럼
볼수록 귀엽다.
볼수록 정이 간다.

산책

오늘은 춥지 않아서
내내 걸었어요.
감상하며 걸었어요.

걷는데, 걷는데
당신이 보고 싶은 거 있죠.

며칠 전에도
오라 하고 싶었는데

걸으며, 걸으며
생각났어요.

보고 싶어서
보고 싶어서
그날처럼
내 안으로 당신 찾아 나섰어요

가을비

가을비가
차갑게 내리고 있어요.

내 마음도
차가워질까 사랑으로 데웠어요.

하지만
나는
따뜻한 가을!
사랑으로 담을래요.

나누어 줄
사랑이 느껴져요.

아가페 사랑

아무리 기다려도
돌아올 것 같지 않던 바람이
나무 위에
푸른 잎새 흔들며 돌아왔다.

더운 오후
어디서 왔을까.

신선한 바람이
이쪽저쪽 무심했다는 듯
건네주고 토닥거려주고
또 이웃으로 간다.

약속

잘할게
힘들지 않게 할게.

그 말로
미래를 걸게 한 말.

힘든 일도 있었지만
좋은 일이 더 많았던

지나고 나니
모두가 행복이었다.

단칸방

더운 여름
창문으로 들어오는
시원한 바람은
수고의 몫으로 받은 선물.

피곤했던 하루
잠 깬 아침.

단칸방 창문엔 느티나무
파란 초록빛 하늘이 맑다.

바람처럼 아름답게 머물고 싶다

더운 여름
펜션으로 들어오는
시원한 바람이
해묵은 엉겅퀴를 밀어내고

창 너머 느티나무
별을 보는 돔하우스 창으로
가지를 뻗어 가슴이 무성하다.

오랜 시간
억센 삶과 투쟁하지 않는 바람
나도 바람처럼
아름답게 머물고 싶다.

비 개인 날

비개인 날 새벽에는
하늘이 높다.

높아진 하늘에
손을 내밀면 마음이
맞다을 것 같은 영혼.

마음은 이미 하늘을 날고
멀리 보이는 아름다운 세계에
발 디딤하면

고향의 보리수 익어가겠지.

친구

길가에 강아지 풀
하나 꺾어 코끝에 댄다.
기분이 간질간질

너랑 나랑 웃으며
우리 다시 만날까?

삐졌어도 금세 좋아지는
우린 친구.

강아지 풀 입에 물고
하늘 올려다 보는
우리는 지금도 친구.

길

먼 길을 냈다
산과 들을 가로질러
할머니 기억 찾아가는 길

초록 마음으로
걷고 있는 길이 정겹다

흙 냄새와
풀 냄새가 코를 찌르고

설렘이 보이지 않는 길을
앞서 걷는다.

가을에게

떠나는 마음은 가볍겠지만
다시 무엇을 만날까하는 기대는
두려울 때도 있어
소리 없이
며칠이면 간다는 너
잘 가고
좋은 시간
많이 보내고 얼른 와!

그대가 있어서

짙은 안개가 걷히고
먼동이 틉니다

지난 밤 고뇌 같은 건
어둠 속에 묻었습니다.

아침을 열어주듯
그대 그리움이 찾아왔습니다.

만나서 이야기 하는
햇살 담은 당신.

그래서 햇볕도 따뜻합니다
그대가 있어
더 따뜻합니다.

양재천 여름

양재천 다리 아래 놓여 있는
긴 관람석.

너를 기다리며
먼저 와 있다.

쉼터가 되어 준 너처럼.
마음을 식혀주는 너처럼.

자리를 떠나도 너는 앉아 있다.

보고 싶은 얼굴로
보고 싶다며 앉아 있다.

여로

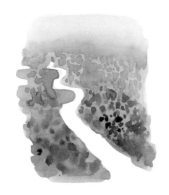

한낮에 숲속을 걸어가는 일은
참 행복이다.

아침 일찍 상쾌한 바람을 맞으며
걷는 발걸음은 더 큰 행복이다.

내 가까이에서
내가 쉽게 찾아갈 수 있는 길.

밝은 자연을 만나 걷는 길은
행운이다.

목적지로 가고 있는 긴 여로.
너라는 이름으로 걷는다.

우정이란 이름으로

우리는 둘이서
하나가 되자고 말했다.
마음과 느낌도
같이 가자고 했다.

별빛이 빛나면
별이 빛난다 했고
구름이 아름다우면
구름이 아름답다고 했다.

하나인 우리가
둘이라는 가정을 만났다.
일상은 다른 일상
생각은 다른 생각.

하지만 지금도
별을 보면 먼저 생각하고
하늘을 보고 너를 생각한다.
친구야 보고 싶은 친구야!

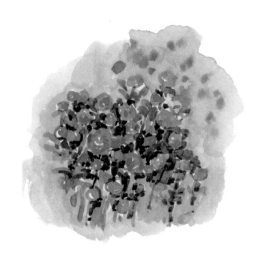

장미뜰

네가 좋으니까
한 송이를 보면
네 얼굴 같고
두 송이를 보면
네 마음 같고
세 송이를 보면
우리 사랑 같다
너를 만나면
나도 꽃 되게 하는
친구
너를 만나면.

정원 이야기

아름다운 정원은
마음이 정리되는 곳.

일상을 내려놓고
가벼워진 가슴에
꽃을 선물 받는 곳.

받은 선물로 웃는다.
나도
꿈이 있다.
가족의 정원이 되는
사랑을 담아주는
엄마라는
아내라는 정원.

언제나 보고파

보아도
안 보아도
늘 든든한 얼굴이
내 곁에 있다.

내 눈 속에 있다.
오늘은 네 생각.

너도 엄마 생각하고 있니?
해 저문 퇴근길
나도
너도
같은 생각에 묶여
지나가는 하루

언제나
곁에 머무는 얼굴!

보리수

보리수가

7월 햇볕에 붉어져

가지마다 빨갛게 달렸다.

평생을 사랑해도

더 사랑하고픈 엄마의 기억.